W0184910

Sonja Probst / Ernst Probst (Hrsg.)

Meine Worte sind wie die Sterne

Uta Bellion,
der ersten weiblichen Vorsitzenden
von „Greenpeace International“,
gewidmet

Copyright © 2003 by
Verlag Ernst Probst
Im See 11
55246 Mainz-Kostheim
Fax: 06134/26665
E-Mail: verlagernstprobst@web.de
Internet: www.verlagernstprobst.de
ISBN 3-935718-01-2

Sonja Probst / Ernst Probst (Hrsg.)

Meine Worte sind wie die Sterne

Die Rede des Häuptlings Seattle
und andere indianische Weisheiten

Verlag Ernst Probst

Inhalt

Er wurde eines der großen Idole der Ökologie-Bewegung des 20. und 21. Jahrhunderts: Häuptling Seattle (1786–1866).

Vorwort

Meine Worte sind wie die Sterne

„Erst wenn der letzte Baum gerodet, der letzte Fluss vergiftet, der letzte Fisch gefangen ist, werden die Menschen feststellen, dass man Geld nicht essen kann." Diese Worte werden dem weisen Indianerhäuptling Seattle (1786–1866) zugeschrieben, der um 1855 eine engagierte Rede gehalten haben soll, welche die Weißen zur Achtung der Natur ermahnte. In Wirklichkeit stammt der eingangs erwähnte Satz aus einer Prophezeiung des kanadischen Stammes der Cree.

Seattle wurde zu einem der großen Idole der Ökologie-Bewegung des 20. und 21. Jahrhunderts. Obwohl heute unklar ist, ob der Häuptling die berühmte Rede überhaupt und – wenn ja – so gehalten hat, sollen im vorliegenden Buch einige Versionen davon noch einmal veröffentlicht werden. Getreu dem Motto von Seattle: „Meine Worte sind wie die Sterne – sie gehen nicht unter."

Sonja Probst und Ernst Probst, im Mai 2003

Franklin Pierce (1804–1869),
der 14. Präsident der USA,
forderte die Duwamish-Indianer
zum Verkauf
ihres Landes auf.

Vorgeschichte

Der etwa 150 Kilometer lange, stark verzweigte und inselreiche Puget Sound (auch Pugetsund genannt) im heutigen amerikanischen Bundesstaat Washington war einst das Stammesgebiet der Duwamish-Indianer. Ihre Heimat bestand aus hügeligem und fruchtbarem Land rund um eine Bucht am Pazifik, etwa 200 Kilometer südlich der kanadischen Grenze. Wie alle Ureinwohner Nordamerikas betrachteten die Duwamish sich als einen Teil der Natur, der sie ihren Respekt und ihre Ehrerbietung zollten.

1851 zogen 21 weiße Siedler aus dem Mittelwesten an den Puget Sound. Die Neuankömmlinge baten Seattle (1786–1866), den Häuptling der Duwamish-Indianer, um seine Erlaubnis, sich in seinem Land niederlassen zu dürfen. Seattle stimmte zu, und aus Dank dafür wurde später die Siedlung nach ihm benannt.

Drei Jahre lang lebten Indianer und Weiße friedlich zusammen. Dann forderte Franklin Pierce (1804–1869), der 14. Präsident der USA, 1854 die Duwamish auf, sie sollten ihr Land weißen Siedlern verkaufen und in ein Reservat auf einer Insel im Puget Sound ziehen. Dieses Ansinnen stieß bei den Indianern auf Unverständnis, denn die Duwamish hatten keine Vorstellung davon, was es bedeutete, Land zu „besitzen“.

Isaac Stevens (1818–1862),
der Gouverneur des Territoriums Washington,
schloss mit den Duwamish-Indianern
einen Vertrag über den Verkauf ihres Landes.

Im Dezember 1854 oder im Januar 1855 schloss Isaac Stevens (1818–1862), der Gouverneur des Territoriums Washington, mit den Indianern vom Puget Sound einen Vertrag über den Verkauf ihres Landes. Das offizielle Protokoll dieser Verhandlungen enthält den Text der Rede des Gouverneurs, eine kurze Antwort von Häuptling Seattle und die einzelnen Punkte des Vertrages.

Im Nationalarchiv in Washington gibt es keinen Hinweis auf die berühmte Rede von Häuptling Seattle. Deshalb kamen bald Zweifel an ihrer Authentizität auf.

Häuptling Seattle zog mit seinen rund 1200 Stammesgenossen in das Reservat auf der Insel im Puget Sound. Er starb 1866. Das Volk der Duwamish existiert seit 1910 nicht mehr.

Wo ehedem die Fisch- und Jagdgründe der Duwamish-Indianer lagen, wuchs die Großstadt Seattle mit heute etwa 550000 Einwohnern empor. In Seattle befinden sich die Boeing-Werke, die 186 Meter hohe „First National Bank“, achtspurige Highways und das 184 Meter hohe Raumfahrt-Denkmal „Space Needle“, das Wahrzeichen der Weltausstellung von 1962.

An den weisen Häuptling erinnern heute in Seattle eine Statue in der Fifth Avenue und in der Cedar Street, eine Bronzebüste mit Blick über einen Teich in der Seattle University und der Name der „Sealth High School“. Alljährlich im August werden in Suquamish, wo der Häuptling seine letzte Ruhe fand, die „Chief Seattle Days“ mit traditionellen Tänzen, Lachsessen und Kanurennen gefeiert.

Kopf der Statue des Häuptlings Seattle
auf dem Tilikum Place in Seattle.
Sie wurde
von dem amerikanischen Künstler
James Wehn geschaffen
und 1912 aufgestellt.

Wer war Häuptling Seattle?

Seattle wurde an einem nicht mehr eruierbaren Tag um 1786 geboren. Gegenüber weißen Siedlern erwähnte er später, er sei auf Blake Island im zentralen Puget Sound zur Welt gekommen. Der Puget Sound ist eine Bucht an der Pazifikküste des Bundesstaates Washington.

Die Geburt von Seattle fiel in eine für die Geschichte seines Volkes apokalyptische Zeit. Damals dezimierten verheerende Seuchen die indianische Bevölkerung. Außerdem trugen neuartige Waren und Schusswaffen zur Unruhe bei.

Seattles Vater Schweabe fungierte als Häuptling der Suquamish-Indianer, die auf Bainbridge Island jenseits des Puget Sound lebten, wo die Duwamish-Indianer an einem Fluss lagerten. Seine Mutter Scholitza war die Tochter eines Häuptlings der Duwamish-Indianer. Da die Abstammung bei diesen Indianern immer der weiblichen Linie folgte, galt Seattle als ein Angehöriger der Duwamish.

Der Name Seattle wurde von den Indianern auf verschiedene Weise ausgesprochen. Eine Variante war „See-at-la“, die andere „See-alth“.

Im Alter von etwa sechs Jahren sah Seattle die ersten im

Kapitän George Vancouver
(1758–1798)
landete 1792 mit seinem Schiff
„H. M. S. Discovery“
im Puget Sound.

Puget Sound ankommenden Engländer: Am 20. Mai 1792 landete dort Kapitän George Vancouver (1758–1798) mit seinem Schiff „H. M. S. Discovery". Er ging auf Bainbridge Island vor Anker und schrieb in sein Logbuch, das Dorf sei das „schäbigste seiner Art". Sogar die besten Hütten seien „arm und erbärmlich". Seattle zeigte sich von dem Schiff und den Kanonen der Engländer sehr beeindruckt.

Bereits in jungen Jahren genoss Seattle unter den Indianern ein hohes Ansehen. Während einer Fragestunde über seine Zukunft wurde dem Jugendlichen großer Wohlstand prophezeit. Tatsächlich schätzte man ihn später als Stammesführer. Er brachte sechs lokale Stämme unter seine Kontrolle.

Die erste Ehefrau von Seattle starb gleich nach der Geburt der Tochter Kick-is-on-lo (um 1820–1896), die später Angeline hieß. Seine zweite Gattin schenkte ihm Söhne und Töchter. Die Ehefrauen stammten aus Tola'ltu am Westufer von Elliot Bay. Seattle verfügte über acht Sklaven, was als Zeichen für Reichtum und Status galt.

Bei einem Angriff der mächtigen Cowichans von Vancouver Island tat sich Seattle als tapferer Krieger hervor. Während der Phase, in der sein berühmter Onkel Kitsap ein Bündnis von Kriegern gegen die Cowichans anführte, stellte Seattle einer Gruppe der Angreifer, die mit Kanus den Green River herunterfuhren, erfolgreich einen Hinterhalt.

Außerdem griff Seattle die S'Klallam, ein einflussreiches indianisches Volk an der Nordküste der Olympic Penin-

Angeline (um 1820–1896),
die älteste Tochter
von Häuptling Seattle

sula, an. Zudem soll er an Angriffen am oberen Snoqualmie River teilgenommen haben.

1833 gründete die „Hudson's Bay Company" am Puget Sound das „Fort Nisqually". Francis Herron, der Chefhändler der Company, hielt Seattle für einen bedeutenden und gefährlichen Indianer. Deswegen bat er ihn um Unterzeichnung eines Vertrages, der Mord unter Eid verneinte. Das Personal der Company verlieh dem ungefähr 1,80 Meter großen Seattle den Spitznamen „Le Gros" („der Große").

Durch die Ermordung eines Medizinmannes der Skyomish verursachte Seattle 1837 so viel Ärger, dass William Kittson von der „Hudson's Bay Company" hoffte, die Suquamish würden diesen töten. Doch jene wussten seine Führung zu schätzen.

Aus Rache für den Mord an einem Gefolgsmann überfiel Seattle 1841 das Dorf Yila'lgos am Zusammenfluss von Green River und White River. Sechs Jahre später unterstützte er die Suquamish bei einem Überfall auf den Hauptsitz der Chemakum, wobei diese rivalisierende Gruppe ausgelöscht wurde.

Der Tod eines seiner Söhne erschütterte Seattle so sehr, dass er den katholischen Glauben annahm und sich auf den Namen „Noah" taufen ließ. Die Taufe erfolgte vermutlich in der „St. Joseph of Newmarket Mission". Auch Seattles Kinder wurden getauft und christlich erzogen.

Der Übertritt zum katholischen Glauben markierte das

Dr. David („Doc") Maynard (1808–1873)
wurde einer der besten Freunde von Seattle.

Ende der kämpferischen Zeit von Seattle. Nun entwickelte er sich zum Anführer, der nach Zusammenarbeit mit den ankommenden weißen Siedlern strebte. Mit den Weißen führte er nie Krieg.

Die Stimme von Seattle war angeblich so gewaltig, dass man ihn eine halbe Meile weit hörte. Es hieß, von seinen Lippen seien gewichtige Sätze gekommen wie der unaufhörliche Donner von Wasserfällen, die von unerschöpflichen Quellen gespeist würden.

1846 erreichten weiße Siedler den Puget Sound. Die herzliche Begrüßung und die Hilfe, die Seattle ihnen zuteil werden ließ, brachten ihm den Ruf eines Freundes der Weißen ein. In einer Rede, mit der Seattle die Besucher Isaac N. Ebey und B. F. Shaw im Sommer 1850 begrüßte, bat er sie, sich unter seinem Volk anzusiedeln. Diese Rede wurde von Shaw aufgezeichnet, bald danach im „Oregon Spectator“ veröffentlicht und ermutigte zur Besiedlung im Tal des Duwamish-Flusses.

Seattle suchte gezielt Siedler aus, mit denen er Geschäfte machen konnte. Um solche Kontakte zu pflegen, wählte er einen Wohnsitz bei Olympia. Im Sommer 1851 organisierte er zusammen mit dem Kaufmann Charles Fay aus San Francisco einen Fischfang im Elliott Bay.

Als Charles Fay im Herbst 1851 abreiste, konnte Seattle Dr. David („Doc“) Maynard (1808–1873) dafür gewinnen, den Platz von Fay einzunehmen. Im Frühling 1852 organisierten Maynard und Seattle einen weiteren Fischfang bei Dzidzula'lich, einem Indianerdorf am Ostufer der Bucht.

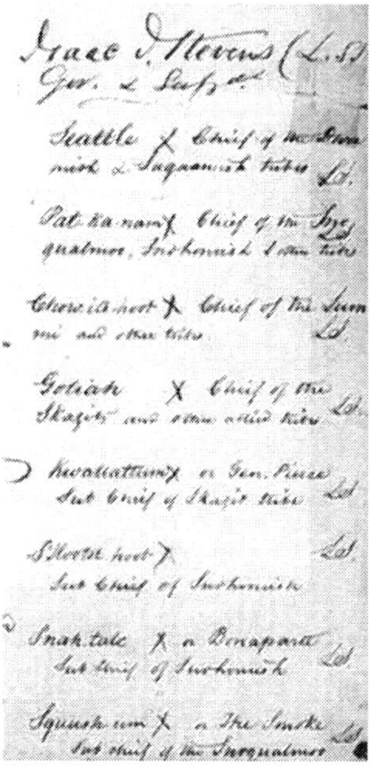

Seattle unterschrieb 1855
als Erster
den Vertrag
über die Abtretung des Landes
der Indianer
an die Weißen.

Im Sommer 1852 gründete David („Doc“) Maynard einen Handelsposten am Ufer des Duwamish-Flusses. Seattle und Maynard wurden so gute Freunde, dass der Doktor die neue Siedlung nach dem Häuptling benannte.

Da die Weißen die Namen „See-at-la“ oder „See-alth“ nicht gut aussprechen konnten, sagten sie „Seattle“. Darüber war der Häuptling aber nicht sehr erfreut. Er meinte, er werde sich nach seinem Tod jedes Mal, wenn Seattle gesagt würde, im Grab umdrehen.

Seattles Bemühungen, an der Entwicklung der nach ihm benannten Siedlung nachhaltig teilzunehmen und die Zukunft seines Volkes mit dem der Siedler zu vermischen, scheiterten aus zwei Gründen: wegen des Hungers nach Land und dem Wunsch vieler einflussreicher Weißen, ihre Leute getrennt von den Indianern zu halten. Dies minderte jedoch Seattles Freundschaft und Loyalität nicht.

Ab 1854 kaufte Isaac Stevens (1818–1862), der Gouverneur des Territoriums Washington, das Land der Indianer auf oder beschlagnahmte es. Im Januar 1854 besuchte der Gouverneur Elliot Bay und kündigte Vertragsverhandlungen an, was Seattle begrüßte.

Während der Vertragsverhandlungen vom 27. Dezember 1854 bis zum 9. Januar 1855 diente Seattle als Sprecher der Indianer. Der alte Häuptling beklagte, die Tage der Indianer gingen vorüber und die Zukunft gehöre dem weißen Mann. Von Seattles Rede machte sich Dr. Henry Smith (1830–1915), ein Chirurg und Schriftsteller mit dem Pseudonym „Paul Garland“ und einem Hang für

Leschi (1808–1858),
der Häuptling der Nisqually,
führte den Aufstand
von 1855 bis 1857 an.

blumige viktorianische Dichtung, angeblich Notizen. Obwohl Seattle bezweifelte, dass sein Volk Geld für sein Land erhalten werde, setzte er als Erster sein Zeichen unter das mit Gouverneur Stevens vereinbarte Vertragsdokument. Damit wurde der juristische Anspruch auf etwa 2,5 Millionen Acres Land (ein Acre = 4047 Quadratmeter) abgetreten und ein Reservat für die Suquamish garantiert, aber keines für die Duwamish.

Aus Unzufriedenheit mit den Verträgen und Ärger über die Arroganz der Weißen erkannten viele Duwamish die Führerschaft von Seattle nicht mehr an. Dies führte schließlich zum so genannten „Yakima Indianer Krieg" von 1855 bis 1857.

Spätere Vorwürfe von Seiten der Indianer bezüglich Seattles Doppelzüngigkeit während dieses Konflikts deuteten an, dass der Häuptling einerseits versuchte, mit allen indianischen Gruppen östlich und westlich der Berge Kontakt zu halten, andererseits aber ein treuer Verbündeter der Weißen blieb, die durch seine Kontakte geheime Informationen erhielten.

Nach der Niederlage der Indianer in diesem Konflikt bemühte sich Seattle, seinem Volk zu helfen. Er bat – allerdings erfolglos – um Nachsicht für den indianischen Anführer Leschi (1808–1858), den Häuptling der Nisqually, der am 19. Februar 1858 gehenkt wurde. Außerdem ersuchte er den Gouverneur um die baldige Ratifizierung eines Vertrages.

Im „Fort Kidsap Reservat" wollte Seattle den Einfluss von Whisky-Verkäufern einschränken und die Ritual-

Die Siedlung Seattle
im Jahre 1856
(Bild oben und Mitte)
sowie 1859 unten

morde an Sklaven verhindern. Wie im Vertrag gefordert, gab Seattle seine eigenen Sklaven frei. Außerhalb des Reservats beteiligte er sich an Treffen, um Zwistigkeiten der Indianer zu lösen.

Seattle unterhielt gute Beziehungen zu William De Shaw, einem Indianer-Vertreter und Eigentümer eines Handelspostens am Agate Pass, sowie zu George Meigs, in dessen alkoholfreier Firmenstadt indianische Arbeiter einen Ort fanden, wo sie vor räuberischen Whisky-Verkäufern sicher waren.

1858 fragte der mittlerweile alte und verarmte Seattle in einer Rede, warum der Vertrag von 1855 nicht vom Kongress der Vereinigten Staaten unterzeichnet worden sei. Er beklagte: „Ich war den ganzen Winter sehr arm und hungrig und bin nun sehr krank. Bald werde ich sterben. Wenn dies geschieht, wird mein Volk sehr arm sein. Sie werden nichts besitzen, keinen Häuptling haben und niemanden, der für sie sprechen wird."

1864 erhielt Seattle das heilige Sakrament der Firmung, womit er seinen christlichen Glauben bestätigte. Führer der indianisch-katholischen Gemeinde war damals nicht Seattle, sondern ein Suquamish-Anführer namens Jacob. Eine Verordnung der Stadt Seattle von 1865 untersagte Indianern, einen ständigen Wohnsitz innerhalb der Stadtgrenzen zu haben. Dies zwang den Häuptling, den Ort zu räumen, an dem er – wie erwähnt – die Siedler Shaw und Ebey 1850 begrüßt und zur Ansiedlung eingeladen hatte.

In der Folgezeit lebte Seattle im „Port Madison Reservat"

Grab von Seattle
in Suquamisch.
Der Grabstein wurde
1938 aufgestellt.

und vermutlich nördlich der Stadtgrenzen, wo Angeline, die Tochter seiner ersten Frau, wohnte. Oft kam er in die Stadt, besuchte Freunde, kümmerte sich um Leute, die in Seattle arbeiteten, und hielt sich in zeitweiligen Zeltplätzen im Hafenviertel auf.

Von Häuptling Seattle existiert ein historisches Foto, das 1865 im hohen Alter – in dem Jahr vor seinem Tod – entstand und von E. M. Sammis angefertigt wurde. Dieses Bild befindet sich in der „University of Washington Special Collection".

Am 7. Juni 1866 starb Seattle im Alter von ungefähr 80 Jahren gegen 13 Uhr in einem Altersheim. Er wurde in Suquamish im US-Bundesstaat Washington begraben. Von seinem Grab aus bietet sich ein herrlicher Blick auf den Puget Sound, und in der Ferne kann man gerade noch die Stadt Seattle erkennen.

Nach Ansicht von Historikern überstanden die rund 14000 Indianer des Territoriums Washington – die Suquamish, Duwamish, Nisqually, Puyallup, Makahs, S'Klallams, Quinaielts, Quilehutes, Yakamas, Chehalis, Colville, Spokanes, Couer d'Alène, Hohs und Quits – dank des Einflusses von Häuptling Seattle die Reservationspolitik der USA verhältnismäßig ungeschoren.

Bis zu den 1970-er Jahren war die Geschichte von Häuptling Seattle nur mit dem Namen der Stadt, die seinen Namen trägt, eng verbunden. Doch mit der Umweltbewegung rückte die Rede von Seattle vor Gouverneur Isaac Stevens wieder ins Bewusstsein vieler Amerikaner.

Edward S. Curtis (1868–1952)
fotografierte Angeline,
die älteste Tochter
von Häuptling Seattle.

Die Redegewalt und philosophische Aussagekraft von Seattle erinnerte einige Amerikaner an große Griechen des Altertums. Bereits zu Lebzeiten bezeichnete man ihn als den „Sokrates des Nordwestens“. Mit der Rede von Seattle befassen sich unzählige Artikel in Zeitungen und Zeitschriften, Beiträge im Rundfunk und Internet sowie Bücher und Filme.

Moderne Versionen der Rede von Seattle beziehen sich auf Dinge, die der Häuptling nie gesehen und von denen er auch nichts gewusst haben kann. Zum Beispiel die Eisenbahn oder die Abschlachtung der Büffel, die erst nach seinem Tod stattfand. Teilweise widersprechen sich Passagen der verschiedenen Redeversionen sogar.

Seattles älteste Tochter Angeline lebte im hohen Alter in einer Hütte nördlich der Stadtgrenze von Seattle. Sie wurde von den Weißen als „Prinzessin Angeline“ bezeichnet. Ein Fotograf namens Edward S. Curtis (1868–1952) machte von ihr Aufnahmen und zahlte ihr für jedes Foto einen Dollar. Er entwickelte sich zu einem der berühmtesten Fotografen amerikanischer Indianer. Auch andere Fotografen lichteten Angeline gerne ab.

Angeline starb am 31. Mai 1896 in Seattle. Sie wurde in der Nähe ihres alten Freundes, des weißen Pioniers Henry Yesler (1810–1892), auf dem Friedhof „Lakeview Cemetery“ begraben. Yesler hatte die erste Sägemühle in Seattle betrieben.

Häuptling Seattle
auf einer Medaille um 1915

Die Versionen der Rede von Seattle

Mehr als drei Jahrzehnte nach dem Abschluss des Vertrages zwischen Gouverneur Isaac Stevens (1818–1862) und den Duwamish-Indianern veröffentlichte Dr. Henry Smith (1830–1915), einer der ersten Siedler, in der Zeitung „Seattle Sunday Star“ vom 29. Oktober 1887 seine Version der Rede von Häuptling Seattle. Sein Artikel hieß „Early Reminiscences – Scraps from a Diary“ („Frühe Erinnerungen – Tagebuchaufzeichnungen“).

Henry Smith hatte zwei Jahre in der Gegend von Seattle gelebt und angeblich die Muttersprache (Lushotseed) des Häuptlings gelernt. Die Rede von Seattle, der nur ein wenig Englisch sprach, wurde vermutlich in Lushotseed gehalten und dann in eine Mischsprache (Chinook) von etwa 300 Wörtern, die man für Geschäfte benutzte, übersetzt.

Laut mündlicher Überlieferung der Suquamish besuchte Henry Smith mehrfach Häuptling Seattle und besprach mit ihm den Inhalt seiner Rede. Smiths Version der Rede des Häuptlings ist im hohen, gestelzten Ton der so genannten „viktorianischen Epoche“ abgefasst, die der britischen Königin Viktoria (1819–1901) ihren Namen verdankt. Manchen Experten erscheint es unvorstellbar, dass ein Indianerhäuptling jener Zeit eine Rhetorik dieser Art beherrscht haben könnte.

Die geradezu „schwindelnde Höhe“ des Stils der Rede

Der Drucker, Verleger, Autor und Historiker Clarence B. Bagley (1843–1932) aus Seattle schrieb 1931 einen Artikel über Häuptling Seattle und veröffentlichte auch eine neue Version von dessen Rede.

gilt Zweiflern als ein weiterer Grund, deren Echtheit zu bezweifeln. Andererseits klingt aber selbst durch Henry Smiths schwülstige Version eine faszinierende Kraft und Schönheit. Unter der Patina literarischer Rhetorik verbirgt sich ein Text, den wahrscheinlich kein Weißer jener Epoche verfasst haben kann.

Smith versicherte, Seattle habe sich geweigert, seine Rede in Pidgin-Englisch oder Chinook zu halten, also jenen Sprachen, die Gouverneur Stevens bei seinen Treffen mit Indianern bevorzugte. Statt dessen benutzte der Häuptling die Sprache seines Stammes.

Bei Verhandlungen in weniger verbreiteten Indianersprachen verzichtete Stevens oft auf Übersetzer. Aus diesem Grund waren kleinere Stämme gezwungen, in Pidgin-Englisch oder in Chinook zu verhandeln. Vielleicht wurde deshalb im erwähnten offiziellen Protokoll die Rede von Seattle weggelassen.

Im Oktober 1931 veröffentlichte der Drucker, Verleger und Autor Clarence B. Bagley (1843–1932), der seit 1860 in Seattle lebte, in der Zeitschrift „Washington Historical Quarterly“ den Artikel „Chief Seattle and Angeline“. Er publizierte auch die Rede Seattles in einer neuen Version. Bagley war der einzige Sohn eines Methodistenpredigers. Er gründete die „Washington State Historical Society“ und galt als der erste prominente Historiker seiner Region.

Henry Smiths verschnörkelte Version der Rede des Häuptlings Seattle wurde 1932 in einer noch mehr aufgedonnerten „Übersetzung“ von einem Mann namens

Büste von Häuptling Seattle

John M. Rich herausgebracht („Chief Seattle's Unanswered Challenge", Seattle). Diese Variante stützt sich auf Smiths Version als einzige Quelle und sie enthält – nach Auffassung von Kritikern – billige Stereotypen und sentimentale christliche Frömmelei. Deshalb gilt Rich's Text als Fälschung. Seine Fassung hat weitere Zweifel an der Authentizität der Rede von Häuptling Seattle genährt.

1969 überarbeitete William Arrowsmith (1924–1992), Professor für klassische Literatur an der Universität von Texas, die Fassung der Rede Seattles nach der Version von Dr. Henry Smith. Er versuchte, sie mit der Ausdrucksweise zu verstehen, die zu Seattles Zeiten bei den Indianerstämmen üblich war. Doch auch diese Fassung gibt wahrscheinlich den genauen Wortlaut nicht wieder.

Im Jahre 1970 hörte der amerikanische Drehbuchautor und Theaterwissenschaftler an der Universität von Texas, Ted Perry, bei einer Versammlung von Umweltschützern die von William Arrowsmith vorgetragene Fassung der Rede Seattles. Arrowsmith erlaubte Perry, diesen Text als Grundlage für eine neue, fiktive Rede als Kommentar für den Film „Home" (1972) über Umweltverschmutzung und Ökologie zu verwenden.

Ohne Wissen von Perry veränderten die Filmproduzenten den Text und wurde im Nachspann des Films behauptet, das Manuskript gebe eine von Häuptling Seattle gehaltene Rede wieder. Zudem verschickte die „Southern Baptist Radio and Television Commission", für die Perry einige Drehbücher für Filme verfasst hat-

Seattles Tochter Angeline
auf einer Bank.
Dieses Foto entstand 1892.

te, 18000 Plakate mit ihrer Version von Perrys Text, auf denen ebenfalls behauptet wurde, es handle sich um eine Rede von Häuptling Seattle.

Außerdem veröffentlichte das Magazin „Environmental Action“ diese Fassung und behauptete, sie sei der Text eines Briefes, den Seattle an den amerikanischen Präsidenten Franklin Pierce (1804–1869) gerichtet habe. Weltweit bekannt wurde dieser Text durch einen Artikel mit der Überschrift „Die eindeutig unzweideutige Botschaft von Häuptling Seattle“ im Magazin „Passenger“ der Fluggesellschaft „Northwest Airlines“.

Eine weitere Version der Rede von Seattle machte 1974 auf der „Spokane Expo“ die Runde. In ihr tauchten wieder neue Passagen auf.

Seattle mit dem Wahrzeichen
der Weltausstellung von 1962,
dem 184 Meter hohen Raumfahrt-Denkmal
„Space Needle“

*Dr. Henry Smith (1830-1915),
der als Erster die berühmte Rede
von Häuptling Seattle veröffentlichte,
hatte auch deutsche Vorfahren.*

Die Rede des Häuptlings Seattle nach der Version von Dr. Henry Smith – abgedruckt in der Zeitung „Seattle Sunday Star“ vom 29. Oktober 1887

Jener Himmel, der barmherzige Tränen weint

Jener Himmel, der seit undenklichen Zeiten barmherzige Tränen auf unsere Väter weint und der uns ewig dünkt, könnte sich wandeln. Heute noch klar, könnte er morgen von Wolken bedeckt sein. Meine Worte sind wie Sterne, die niemals untergehen. Den Worten Seattles kann der Große Häuptling Washington vertrauen, mit ebensolcher Gewissheit, wie unsere bleichgesichtigen Brüder auf die Wiederkehr der Jahreszeiten bauen können.

Der Sohn des weißen Häuptlings sagt, sein Vater sende uns Grüße der Freundschaft und Zeichen seines guten Willens. Das ist freundlich, denn wir wissen, dass er umgekehrt unserer Freundschaft kaum bedarf, denn sein Volk ist zahlreich. Es ist wie das Gras der weiten Prärien, während wir nur wenige zählen und den vereinzelten Bäumen in der windgepeitschten Ebene gleichen.

Der große, und wie ich annehme, gute weiße Häuptling gibt uns Nachricht, dass er unser Land kaufen, uns aber genug davon lassen will, dass wir ein angenehmes Leben führen können. Das scheint wirklich großzügig, denn der rote Mann hat keine Rechte mehr, die jener achten müsste, und auch klug scheint das Angebot zu sein, da wir nicht länger eines großen Landes bedürfen.

Es gab eine Zeit, da wir das ganze Land bevölkerten, wie die Wellen des windgekräuselten Meeres über den muschelbesäten Grund rollen. Doch diese Zeit ist längst vergangen, und mit ihr schwand die Größe nun fast vergessener Stämme. Ich will unseren vorzeitigen Niedergang nicht betrauern, noch will ich meine bleichgesichtigen Brüder tadeln, dass sie ihn beschleunigt haben, denn irgendwie tragen auch wir Schuld.

Wenn unsere jungen Männer erzürnen über tatsächliches oder scheinbares Unrecht und ihre Gesichter mit schwarzer Bemalung entstellen, dann werden auch ihre Herzen entstellt und schwarz, und ihre Grausamkeit ist unerbittlich und kennt keine Grenzen, und unsere Alten können sie nicht mehr zurückhalten. Aber wir wollen hoffen, dass die Feindseligkeiten zwischen dem roten Mann und seinen bleichgesichtigen Brüdern nie wieder aufflammen. Wir hätten alles zu verlieren und nichts zu gewinnen.

Es ist wahr, dass für unsere jungen Krieger die Rache eine Genugtuung ist, auch wenn sie mit dem Leben bezahlt werden muss, aber wir alten Männer, die in Zeiten des Krieges daheim bleiben, und die alten Frauen, die Söhne zu verlieren haben, wissen es besser.

Unser großer Vater Washington* – denn ich nehme an, er ist nun unser wie euer Vater, seit König George* seine Grenzen nach Norden verlegt hat –, unser großer und guter Vater also gibt uns die Nachricht durch seinen Sohn, der zweifellos unter den Seinen ein großer Häuptling ist, dass er uns beschützen wird, wenn wir seinem Wunsch folgen. Seine mutigen Heere werden uns eine waffenstarrende Schutzmauer sein, und seine großen Kriegsschiffe werden dicht an dicht in unseren Häfen liegen, so dass unsere alten Feinde hoch im Norden, die Tsimshians und Haidas, unseren Frauen und Alten kein Schrecken mehr sein werden. Dann wird er unser Vater und wir seine Kinder sein.

Aber kann das jemals sein? Euer Gott ist nicht unser Gott. Euer Gott liebt euer Volk und hasst meines; er hält den weißen Mann liebevoll in seinen starken Armen und leitet ihn wie ein Vater seinen kleinen Sohn, doch seine roten Kinder hat er verlassen; er lässt euer Volk täglich kräftig wachsen, und bald wird es über das Land fluten, während mein Volk verebbt wie eine rasch zurückgehende Tide, die niemals wieder ansteigt. Der Gott des weißen Mannes kann seine roten Kinder nicht lieben, sonst würde er sie beschützen. Sie scheinen Waisen zu sein, nirgends können sie Hilfe suchen. Wie können wir da Brüder werden? Wie kann euer Vater unser Vater werden und uns Wohlstand bescheren und in uns Träume von neuer Größe wecken?

Euer Gott scheint uns voreingenommen. Er erschien dem weißen Mann. Wir sahen ihn nie. Wir hörten nicht einmal seine Stimme: Dem weißen Mann gab er Gebote, aber für seine roten Kinder, mit denen dieser weite Kontinent übersät war wie das Firmament von den Sternen hatte er kein einziges Wort. Nein, wir sind zwei verschiedene Rassen und müssen es immer bleiben. Wir haben wenig gemeinsam. Die Asche unserer Ahnen ist uns heilig, ihre letzte Ruhestätte heiliger Boden, während ihr euch anscheinend ohne Kummer von den Gräbern eurer Väter entfernt.

Eure Religion schrieb ein zürnender Gott mit eisernem Finger auf Steintafeln, damit ihr sie nicht vergesst. Der rote Mann könnte sich nie an sie erinnern noch sie verstehen.

Unsere Religion ist die Überlieferung unserer Ahnen, sind die Träume unserer Alten, die ihnen der Große Geist gab, sind die Visionen unserer Friedenshäuptlinge, und sie ist geschrieben in die Herzen unseres Volkes.

Eure Toten lieben euch und die Stätten ihrer Herkunft nicht mehr, sobald sie ihre Gräber aufgesucht haben. Sie wandern weit hinaus jenseits der Sterne, sind bald vergessen und kehren niemals wieder. Unsere Toten vergessen nie die schöne Welt, die ihnen ihr Dasein beschert hat. Sie lieben immer noch die sich schlängelnden Flüsse, die gewaltigen Berge und die abgelegenen Täler, fühlen sich stets voll Zärtlichkeit zu den einsamen Lebenden hingezogen und kehren oft wieder, um sie aufzusuchen und ihnen Trost zu spenden.

Tag und Nacht können nicht nebeneinander verweilen. Der rote Mann ist vor dem nahenden weißen Mann stets geflohen wie die an der Bergflanke wallenden Nebel vor der glühenden Morgensonne fliehen.

Wie auch immer, euer Vorschlag scheint gerecht, und ich denke, mein Volk wird ihn annehmen und sich in die

Reservation zurückziehen, die ihr ihm anbietet, und wir werden dort für uns und friedlich leben, denn die Worte des großen weißen Häuptlings klingen wie die Stimme der Natur, die zu meinem Volk spricht aus schwarzer Nacht, die uns rasch umhüllt wie dichter, landeinwärts ziehender Nebel von der mitternächtlichen See. Es zählt kaum, wo wir unsere letzten Tage verbringen.

Die Nacht des Indianers verspricht schwarz zu werden. Kein heller Stern schwebt über dem Horizont. Von Fern klagt der Wind mit trauriger Stimme. Den roten Mann scheint eine grimmige Vergeltung seiner Rasse zu ereilen, und wo immer er sich auch hinwenden mag, er wird stets den festen Tritt des fürchterlichen Verfolgers hinter sich hören, wie die verwundete Hirschkuh die nahenden Schritte des Jägers hört, und sich seinem Schicksal fügen. Noch einige Monde, noch einige Winter, und nicht einer aus den mächtigen Scharen, die einst dieses weite Land bevölkerten oder die nun in gelichteten Reihen durch die einsamen Weiten ziehen, nicht einer von ihnen wird übrigbleiben, um an den Gräbern eines Volkes zu weinen, das einst so mächtig und hoffnungsvoll wie eures war.

Doch warum sollten wir hadern? Warum sollte ich über das Schicksal meines Volkes murren? Ein Stamm setzt sich aus Einzelnen zusammen und ist als Ganzes nicht besser als diese. Menschen kommen und gehen wie die Wellen des Meeres. Eine Träne, ein Tamanawus, ein Klagegesang, und sie sind unserem sehnsuchtsvollen Blick für immer entschwunden. Sogar der weiße Mann, dessen Gott mit ihm gewandelt ist und mit ihm gesprochen hat, als Freund zum Freunde, kann dem Schicksal aller nicht entrinnen. Vielleicht sind wir doch Brüder. Wir werden sehen.

Wir werden nachdenken über euren Vorschlag, und wenn wir uns entschieden haben, werdet ihr es erfahren. Aber sollten wir ihn annehmen, so mache ich schon hier und heute dieses zur ersten Bedingung: dass uns nicht verwehrt wird, auf unseren Wunsch und ohne belästigt zu werden, die Gräber unserer Ahnen und Freunde aufzusuchen. Jeder Teil dieses Landes ist meinem Volk heilig. Jeder Berg, jedes Tal, jede Ebene, jeder Hain wird durch eine liebe Erinnerung oder ein trauriges Erlebnis meines Stammes geheiligt.

Selbst die Felsen, die scheinbar stumm in glühender Hitze die stille Küste säumen, feierlich und erhaben, sogar sie erschauern vor der Erinnerung an Vergangenes, das mit dem Schicksal meines Volkes verbunden ist, und selbst der Staub unter euren Füßen antwortet unseren Schritten liebevoller als euren, denn es ist die Asche unserer Ahnen, und unsere bloßen Füße spüren ihre sanfte Berührung, denn der Boden ist erfüllt vom Leben unserer Verwandten.

Die finsteren Krieger, die liebevollen Mütter und frohgemuten Jungfrauen, die kleinen Kinder, die einst hier lebten und beglückt waren und deren Namen nun vergessen sind, sie lieben diese Einöden immer noch, deren tiefe Abendfarben in der Gegenwart dunkler Geister schattengrau werden. Und wenn der letzte rote Mann von der Erde verschwunden und die Erinnerung des weißen Mannes an ihn zur Legende geworden ist, dann werden diese Gestade übervoll sein von den unsichtbaren Toten meines Stammes, und wenn eure Kindeskinder sich allein wähnen draußen auf dem Feld, in den Läden, auf der Straße oder in der Stille des Waldes, so werden sie nicht allein sein. Auf der ganzen Erde gibt es keinen Ort, welcher der Einsamkeit vorbehalten ist. Des Nachts, wenn die Straßen eurer Städte und Dörfer still daliegen, und ihr glaubt, sie seien verlassen, dann wimmeln sie von den wiederkehrenden Scharen, die einst dieses Land bevölkerten und es immer noch lieben. Der weiße Mann wird niemals allein sein.

Möge er gerecht sein und mein Volk freundlich behandeln, denn die Toten sind nicht völlig machtlos.

** Anmerkung zu Seite 40: Die Indianer glaubten, der bereits verstorbene George Washington (1732–1799, Bild links) sei noch Präsident der USA und König Georg IV. von England (1762–1830, Bild rechts) regiere weiterhin.*

William Arrowsmith (1924–1992),
Professor für klassische Literatur
an der Universität von Texas,
überarbeitete die Fassung der Rede Seattles
nach der Version von Dr. Henry Smith.

Überarbeitete Rede des Häuptlings Seattle von Professor William Arrowsmith aus dem Jahr 1969:

Meine Worte sind wie die Sterne

Brüder: Der Himmel hat sich unserer Väter viele hundert Jahre erbarmt. Er mutet uns unveränderlich an, doch er kann sich wandeln. Heute strahlt er. Morgen kann er von Wolken bedeckt sein.

Meine Worte sind wie die Sterne. Sie gehen niemals unter. Auf Seattles Worte kann sich der Große Häuptling Washington genauso verlassen wie unsere weißen Brüder auf die Wiederkehr der Jahreszeiten.

Der Sohn des weißen Häuptlings sagt, sein Vater sende uns Worte der Freundschaft und des guten Willens. Das ist freundlich von ihm, denn wir wissen, dass er seinerseits unsere Freundschaft kaum braucht. Sein Volk ist zahlreich, wie das Gras der Prärien. Mein Volk zählt nur wenige, wie die vom Sturm im Grasland ausgesäten Bäume.

Der große – und gute, wie ich glaube – weiße Häuptling gibt uns Nachricht, dass er unser Land kaufen möchte. Aber er will genug davon für uns vorsehen, damit wir ein angenehmes Leben führen können. Das scheint großzügig, denn der rote Mann hat keine Rechte mehr, die zu achten wären. Es mag auch klug sein, denn wir brauchen kein großes Land mehr. Einst haben wir dieses

Land bevölkert, wie Meereswellen mit dem Wind über die muschelbesäten Untiefen spülen. Aber diese Zeiten sind vorbei und mit ihr die Größe der nun fast vergessenen Stämme.

Aber ich will weder über das Ende meines Volkes trauern, noch unseren weißen Brüdern die Schuld dafür geben. Vielleicht tragen auch wir einen Teil der Schuld. Wenn unsere jungen Männer über ein Unrecht zornig werden, sei es wirklich oder vermeintlich, entstellen sie ihre Gesichter mit schwarzer Bemalung. Dann sind auch ihre Herzen schwarz und hässlich. Sie sind hart, und ihre Grausamkeit kennt keine Grenzen. Und unsere Alten können sie nicht zurückhalten.

Wir wollen hoffen, dass die Kriege zwischen dem roten Mann und seinen weißen Brüdern nie wieder aufflammen. Wir hätten alles zu verlieren und nichts zu gewinnen. Für junge Krieger ist Rache eine Genugtuung, auch wenn sie ihr Leben dabei verlieren. Aber die Alten, die in Kriegszeiten zurückbleiben, Mütter, die Söhne zu verlieren haben – sie wissen es besser.

Unser großer Vater Washington – denn er muss nun unser wie euer Vater sein, seit George seine Grenzen nach Norden verlegt hat –, unser großer und guter Vater gibt uns Nachricht durch seinen Sohn, der unter den Seinen gewiss ein großer Häuptling ist, dass er uns beschützen will, wenn wir tun, was er will. Seine tapferen Soldaten werden meinem Volk eine Schutzmauer sein, unsere Häfen werden voll von seinen großen Kriegsschiffen sein. Dann werden unsere alten Feinde im Norden – die Haidas und Tsimshians – unsere Frauen und Alten nicht mehr ängstigen. Dann wird er unser Vater, wir seine Kinder sein.

Aber kann das jemals sein? Euer Gott liebt euer Volk und hasst meines. Er schließt den weißen Mann in seine starken Arme und führt ihn an der Hand, wie ein Vater seinen kleinen Jungen führt. Seine roten Kinder hat er verlassen. Er lässt euer Volk täglich stärker werden. Bald wird es das ganze Land überschwemmen. Aber mein Volk ist wie die Ebbe, wir werden nicht wiederkehren. Nein, der Gott des weißen Mannes kann seine roten Kinder nicht lieben, er würde sie sonst beschützen. Wir sind nun Waisen. Es gibt niemanden, der uns helfen kann.

Wie können wir also Brüder sein? Wie kann euer Vater unser Vater sein, uns gedeihen lassen und uns Träume von künftiger Größe senden? Euer Gott ist voreingenommen. Zum weißen Mann kam er. Wir haben ihn nie gesehen, nicht einmal seine Stimme vernommen. Er gab dem weißen Mann Gebote, aber für seine roten Kinder, die einst dieses Land bevölkerten so zahlreich wie die Sterne am Himmel, hatte er kein Wort übrig.

Nein, wir sind verschiedene Rassen, und wir müssen es bleiben. Wir haben wenig gemeinsam.

Uns ist die Asche unserer Väter heilig. Ihre Gräber sind heiliger Boden. Ihr aber seid Streuner, ihr lasst die Gräber eurer Väter zurück und denkt nur an euch selbst. Eure Religion ritzte der eiserne Finger eines zornigen Gottes in Steintafeln, damit ihr sie nicht vergesst. Der rote Mann könnte sie nie verstehen oder behalten. Unsere Religion, das sind die Bräuche unserer Vorväter, die Träume unserer Alten, die ihnen der Große Geist gesandt hat, und die Visionen unserer Friedenshäuptlinge. Und sie ist in die Herzen unseres Volkes geschrieben. Eure Toten vergessen euch und das Land ihrer Geburt, sobald sie ins Jenseits treten und unter den Sternen wandeln. Sie sind rasch vergessen und kehren nicht wieder.

Unsere Toten vergessen nie diese schöne Erde. Sie ist ihre Mutter. Sie lieben und gedenken stets ihrer Flüsse, ihrer Gebirge, ihrer Täler. Sie sehnen sich nach den Lebenden, die auch einsam sind und sich nach den Toten sehnen. Und oft kehren ihre Geister zurück, um uns aufzusuchen und uns zu trösten.

Nein, Tag und Nacht können nicht nebeneinander weilen. Der rote Mann hat sich stets vor dem vordringenden weißen Mann zurückgezogen, wie die Nebel am Berghang vor der glühenden Morgensonne.

Euer Angebot scheint fair zu sein, ich glaube, mein Volk wird es annehmen und in das von euch angebotene Reservat gehen. Wir werden dort für uns und friedlich leben. Denn die Worte des großen weißen Häuptlings sind wie die Worte der Natur, gesprochen zu meinem Volk aus tiefer Dunkelheit – einer Dunkelheit, die um uns heraufzieht wie die Nebel, die von der mitternächtlichen See kommen.

Es ist nicht so wichtig, wo wir unsere letzten Tage verbringen. Es sind nicht mehr viele.

Die Nacht der Indianer wird schwarz. Kein heller Stern wird in der Ferne leuchten. Der Wind ist traurig. Den roten Mann ereilt das Verhängnis. Wohin er auch geht, er wird die sich nähernden Schritte seines Zerstörers vernehmen und darauf gefasst sein zu sterben wie die verwundete Hirschkuh, die die Schritte des Jägers hört.

Noch wenige Monde, noch wenige Winter, und keines der Kinder der großen Stämme, die einst in dieser Weite lebten oder nun in kleinen Scharen durch die Wälder ziehen, wird noch leben, um an den Gräbern eines Volkes zu trauern, das einst so mächtig und hoffnungsvoll wie eures war.

Doch warum sollte ich um mein untergehendes Volk trauern? Ein Stamm setzt sich aus Einzelnen zusammen, aus nichts anderem. Menschen kommen und gehen, wie die Wellen des Meeres. Eine Träne, ein Gebet an den Großen Geist, ein Klagegesang, und sie sind für immer unserem sehnenden Blick entschwunden. Sogar der weiße Mann, dessen Gott unter ihnen wandelte und mit ihnen sprach als Freund zu Freunden, selbst er kann dem Schicksal aller nicht entrinnen. Vielleicht sind wir doch Brüder. Wir werden sehen.

Wir werden über euer Angebot nachdenken. Wenn wir uns entschieden haben, werden wir es euch wissen lassen. Sollten wir es annehmen, stelle ich hier und jetzt diese Bedingung: dass uns nicht das Recht verwehrt wird, jederzeit die Gräber unserer Ahnen und Freunde zu besuchen.

Jeder Teil dieser Erde ist meinem Volk heilig. Jeder Berg, jedes Tal, jede Lichtung, jeder Wald ist in der Erinnerung und Erfahrung meines Volkes heilig. Selbst die stummen

Felsen der Küste hallen wider von den Ereignissen und Erinnerungen im Leben meines Volkes. Der Boden unter euren Füßen antwortet liebevoller auf unsere Schritte als auf eure, denn er ist die Asche unserer Vorväter. Unsere bloßen Füße fühlen die Vertrautheit. Die Erde ist erfüllt vom Leben der Unseren.

Die jungen Männer, die Mütter, die Mädchen, die kleinen Kinder, die einst hier glücklich lebten, sie alle lieben diese einsamen Orte immer noch. Abends verdunkeln sich die Wälder in der Gegenwart der Toten. Wenn der letzte rote Mann von der Erde verschwunden ist und sich die Weißen an ihn nur noch erinnern, wie man sich an eine Geschichte erinnert, dann werden diese Gestade noch von den unsichtbaren Toten meines Volkes wimmeln. Und wenn eure Kindeskinder sich allein glauben in Forst und Feld, in den Geschäften, auf den Straßen oder in der Stille der Wälder, dann werden sie nicht allein sein. Es gibt keinen Ort in diesem Land, wo ein Mensch allein sein kann. Nachts, wenn die Straßen eurer Städte und Dörfer still sind und ihr glaubt, sie seien verlassen, dann drängen sich dort die wiederkehrenden Geister derer, die sie einst bevölkerten, und sie werden diese Orte immer noch lieben. Der weiße Mann wird nie allein sein. So möge er gerecht und freundlich mit meinem Volk umgehen. Auch Tote besitzen Macht.

Häuptling Seattle:
„Es gibt keinen Ort in diesem Land,
wo ein Mensch allein sein kann."
Diese Aufnahme
gilt als eines der schönsten Motive
des Indianer-Fotografen
Edward S. Curtis.

Ted Perry,
amerikanischer Drehbuchautor
und Theaterwissenschaftler
an der Universität Texas,
schrieb für den amerikanischen
Dokumentarfilm „Home“ ein Manuskript,
das irrtümlich als die Rede
von Häuptling Seattle bezeichnet wurde.

Rede des Häuptlings Seattle nach dem Manuskript von Ted Perry.
Diese Fassung entspricht dem Text des amerikanischen Dokumentarfilms „Home“ (1972):

Wie kann man den Himmel kaufen?

Der Große Häuptling in Washington sendet Nachricht, dass er unser Land zu kaufen wünscht.

Der Große Häuptling sendet uns auch Worte der Freundschaft und des guten Willens. Das ist freundlich von ihm, denn wir wissen, er bedarf unserer Freundschaft nicht. Aber wir werden sein Angebot bedenken, denn wir wissen: wenn wir nicht verkaufen, kommt vielleicht der weiße Mann mit Gewehren und nimmt sich unser Land. Wie kann man den Himmel kaufen oder verkaufen – oder die Wärme der Erde? Diese Vorstellung ist uns fremd.

Wenn wir die Frische der Luft und das Glitzern des Wassers nicht besitzen, wie könnt Ihr sie von uns kaufen? Wir werden unsere Entscheidung treffen. Was Häuptling Seattle sagt, darauf kann sich der Große Häuptling in Washington verlassen, so sicher wie sich unser weißer Bruder auf die Wiederkehr der Jahreszeiten verlassen kann.

Meine Worte sind wie die Sterne, sie gehen nicht unter. Jeder Teil dieser Erde ist meinem Volk heilig, jede glitzernde Tannennadel, jeder sandige Strand, jeder Nebel in den dunklen Wäldern, jede Lichtung, jedes summende Insekt ist heilig, in den Gedanken und Erfahrungen meines Volkes. Der Saft, der in den Bäumen steigt, trägt die Erinnerung des roten Mannes.

Die Toten der Weißen vergessen das Land ihrer Geburt, wenn sie fortgehen, um unter den Sternen zu wandeln. Unsere Toten vergessen diese wunderbare Erde nie, denn sie ist des roten Mannes Mutter. Wir sind ein Teil der Erde, und sie ist ein Teil von uns. Die duftenden Blumen sind unsere Schwestern, die Rehe, das Pferd, der große Adler sind unsere Brüder. Die felsigen Höhen, die saftigen Wiesen, die Körperwärme des Ponys und des Menschen – sie alle gehören zur gleichen Familie.

Wenn also der Große Häuptling in Washington uns Nachricht sendet, dass er unser Land zu kaufen gedenkt, so verlangt er viel von uns. Der Große Häuptling teilt uns mit, dass er uns einen Platz gibt, wo wir angenehm und für uns leben können. Er wird unser Vater und wir werden seine Kinder sein. Aber kann das jemals sein? Gott liebt euer Volk und hat seine roten Kinder verlassen. Er schickt Maschinen, um dem weißen Mann bei seiner Arbeit zu helfen, und baut große Dörfer für ihn. Er macht euer Volk stärker, Tag für Tag. Bald werdet Ihr das Land überfluten wie Flüsse, die die Schluchten hinabstürzen nach einem unerwarteten Regen.

Mein Volk ist wie eine ablaufende Flut – aber ohne Wiederkehr. Nein, wir sind verschiedene Rassen. Unsere Kinder spielen nicht zusammen, und unsere Alten erzählen nicht die gleichen Geschichten. Gott ist euch gut gesinnt, und wir sind Waisen. Wir werden euer Angebot, unser Land zu kaufen, bedenken. Das wird nicht leicht sein, denn dieses Land ist uns heilig.

Wir erfreuen uns an diesen Wäldern. Ich weiß nicht – unsere Art ist anders als eure. Glänzendes Wasser, das sich in Bächen und Flüssen bewegt, ist nicht nur Wasser, sondern das Blut unserer Vorfahren. Wenn wir euch das Land verkaufen, müsst Ihr wissen, dass es heilig ist, und eure Kinder lehren, dass es heilig ist und dass jede flüchtige Spiegelung im klaren Wasser der Seen von Ereignissen und Überlieferungen aus dem Leben meines Volkes erzählt. Das Murmeln des Wassers ist die Stimme meiner Vorväter. Die Flüsse sind unsere Brüder – sie stillen unseren Durst. Die Flüsse tragen unsere Kanus und nähren unsere Kinder.

Wenn wir unser Land verkaufen, so müsst Ihr euch daran erinnern und eure Kinder lehren: Die Flüsse sind unsere Brüder – und eure –, und Ihr müsst von nun an den Flüssen eure Güte geben, so wie jedem anderen Bruder auch. Der rote Mann zog sich immer zurück vor dem eindringenden weißen Mann – so wie der Frühnebel in den Bergen vor der Morgensonne weicht. Aber die Asche unserer Väter ist heilig, ihre Gräber sind geweihter Boden. Und so sind diese Hügel, diese Bäume, dieser Teil der Erde uns geweiht.

Wir wissen, dass der weiße Mann unsere Art nicht versteht. Ein Teil des Landes ist ihm gleich jedem anderen, denn er ist ein Fremder, der kommt in der Nacht und nimmt von der Erde, was immer er braucht. Die Erde ist sein Bruder nicht, sondern Feind, und wenn er sie erobert hat, schreitet er weiter. Er lässt die Gräber seiner Väter zurück und kümmert sich nicht. Er stiehlt die Erde von seinen Kindern und kümmert sich nicht. Seiner Väter Gräber und seiner Kinder Geburtsrecht sind vergessen. Er behandelt seine Mutter, die Erde, und seinen Bruder, den Himmel, wie Dinge zum Kaufen und Plündern, zum Verkaufen wie Schafe oder glänzende Perlen. Sein Hunger wird die Erde verschlingen und nichts zurücklassen als eine Wüste .

Ich weiß nicht – unsere Art ist anders als eure. Der Anblick eurer Städte schmerzt die Augen des roten Mannes. Vielleicht, weil der rote Mann ein Wilder ist und nicht versteht.

Es gibt keine Stille in den Städten der Weißen. Keinen Ort, um das Entfalten der Blätter im Frühling zu hören oder das Summen der Insekten. Aber vielleicht nur deshalb, weil ich ein Wilder bin und nicht verstehe. Das Geklappere scheint unsere Ohren zu beleidigen. Was gibt es schon im Leben, wenn man nicht den einsamen Schrei des Ziegenmelkervogels hören kann, oder das Gestreite der Frösche am Teich bei Nacht? Ich bin ein roter Mann und verstehe das nicht. Der Indianer mag das sanfte Geräusch des Windes, der über eine Teichfläche streicht, und den Geruch des Windes, gereinigt vom Mittagsregen oder schwer vom Duft der Kiefern. Die Luft ist kostbar für den roten Mann. Denn alle Dinge teilen denselben Atem: das Tier, der Baum, der Mensch – sie alle teilen denselben Atem. Der weiße Mann scheint die Luft, die er atmet, nicht zu bemerken. Wie ein Mann, der seit vielen Tagen stirbt, ist er abgestumpft gegen den Gestank.

Aber wenn wir euch unser Land verkaufen, dürft Ihr nicht vergessen, dass die Luft uns kostbar ist, dass die Luft ihren Geist teilt mit all dem Leben, das sie enthält. Der Wind gab unseren Vätern den ersten Atem und empfängt ihren letzten. Und der Wind muss auch unseren Kindern den Lebensgeist geben. Und wenn wir euch unser Land verkaufen, so müsst Ihr es als ein besonderes und geweihtes schätzen, als einen Ort, wo auch der weiße Mann spürt, dass der Wind süß duftet von den Wiesenblumen.

Das Ansinnen, unser Land zu kaufen, werden wir bedenken, und wenn wir uns entschließen anzunehmen, so nur unter einer Bedingung: Der weiße Mann muss die Tiere des Landes behandeln wie seine Brüder.

Ich bin ein Wilder und verstehe es nicht anders. Ich habe tausend verrottende Büffel gesehen, vom weißen Mann zurückgelassen – erschossen aus einem vorüber fahrenden Zug. Ich bin ein Wilder und kann nicht verstehen, wie das qualmende Eisenpferd wichtiger sein soll als der Büffel, den wir nur töten, um am Leben zu bleiben. Was ist der Mensch ohne die Tiere? Wären alle Tiere fort, so stürbe der Mensch an großer Einsamkeit des Geistes. Was immer den Tieren geschieht, geschieht bald auch den Menschen. Alle Dinge sind miteinander verbunden.

Was die Erde befällt, befällt auch die Söhne der Erde. Ihr müsst eure Kinder lehren, dass der Boden unter ihren Füßen die Asche unserer Großväter ist. Damit sie das Land achten, erzählt ihnen, dass die Erde erfüllt ist von den Seelen unserer Vorfahren. Lehrt eure Kinder, was wir unsere Kinder lehren: Die Erde ist unsere Mutter. Was die Erde befällt, befällt auch die Söhne der Erde. Wenn die Menschen auf die Erde spucken, bespeien sie sich selbst. Denn das wissen wir, die Erde gehört nicht den Menschen, der Mensch gehört zur Erde – das wissen wir. Alles ist miteinander verbunden, wie das Blut, das eine Familie vereint. Alles ist verbunden. Was die Erde befällt, befällt auch die Söhne der Erde. Der Mensch schuf nicht das Gewebe des Lebens, er ist darin nur eine Faser. Was immer Ihr dem Gewebe antut, das tut Ihr euch selber an. Nein, Tag und Nacht können nicht zusammenleben. Unsere Toten leben fort in den süßen Flüssen der Erde, kehren wieder mit des Frühlings leisem Schritt, und es ist ihre Seele im Wind, der die Oberfläche der Teiche kräuselt.

Das Ansinnen des weißen Mannes, unser Land zu kaufen, werden wir bedenken. Aber mein Volk fragt, was denn will der weiße Mann? Wie kann man den Himmel oder die Wärme der Erde kaufen – oder die Schnelligkeit der Antilope? Wie können wir euch diese Dinge verkaufen – und wie könnt Ihr sie kaufen? Könnt Ihr denn mit der Erde tun, was Ihr wollt – nur weil der rote Mann ein Stück Papier unterzeichnet und es dem weißen Mann gibt? Wenn wir nicht die Frische der Luft und das Glitzern des Wassers besitzen – wie könnt Ihr sie von uns kaufen? Könnt Ihr die Büffel zurückkaufen, wenn der letzte getötet ist?

Wir werden euer Angebot bedenken. Wir wissen, wenn wir nicht verkaufen, kommt wahrscheinlich der weiße Mann mit Waffen und nimmt sich unser Land. Aber wir sind Wilde. Der weiße Mann, vorübergehend im Besitz der Macht, glaubt, er sei schon Gott – dem die Erde gehört. Wie kann ein Mensch seine Mutter besitzen?

Wir werden euer Angebot, unser Land zu kaufen, bedenken. Tag und Nacht können nicht zusammenleben – wir werden euer Angebot bedenken, in das Reservat zu gehen. Wir werden abseits und in Frieden leben.

Es ist unwichtig, wo wir den Rest unserer Tage verbringen. Unsere Kinder sahen ihre Väter gedemütigt und besiegt. Unsere Krieger wurden beschämt. Nach Niederlagen verbringen sie ihre Tage müßig – vergiften ihren Körper mit süßer Speise und starkem Trunk.

Es ist unwichtig, wo wir den Rest unserer Tage verbringen. Es sind nicht mehr viele. Noch wenige Stunden, ein paar Winter, und kein Kind der großen Stämme, die einst in diesem Land lebten oder jetzt in kleinen Gruppen durch die Wälder streifen, wird mehr übrig sein, um an den Gräbern eines Volkes zu trauern, das einst so stark und voller Hoffnung war wie das Eure.

Aber warum soll ich trauern über den Untergang meines Volkes? Völker bestehen aus Menschen – nichts anderem. Menschen kommen und gehen wie die Wellen im Meer. Selbst der weiße Mann, dessen Gott mit ihm wandelt und redet, wie Freund zu Freund, kann der gemeinsamen Bestimmung nicht entgehen. Vielleicht sind wir doch – Brüder. Wir werden sehen.

Eines wissen wir, was der weiße Mann vielleicht eines Tages entdeckt: Unser Gott ist derselbe Gott. Ihr denkt vielleicht, dass Ihr ihn besitzt, so wie Ihr unser Land zu besitzen trachtet aber das könnt Ihr nicht. Er ist der Gott der Menschen – gleichermaßen der Roten und der Weißen. Dieses Land ist ihm wertvoll. Und die Erde verletzen, heißt ihren Schöpfer verachten.

Auch die Weißen werden vergehen – eher vielleicht als alle anderen Stämme. Fahret fort, euer Bett zu verseuchen, und eines Nachts werdet Ihr im eigenen Abfall ersticken. Aber in eurem Untergang werdet Ihr hell strahlen – angefeuert von der Stärke des Gottes, der euch in dieses Land brachte und euch bestimmte, über dieses Land und den roten Mann zu herrschen. Diese Bestimmung ist uns ein Rätsel. Wenn die Büffel alle geschlachtet sind, die wilden Pferde gezähmt, die heimlichen Winkel des Waldes schwer vom Geruch vieler Menschen und der Anblick reifer Hügel geschändet von redenden Drähten – wo ist das Dickicht – fort, wo der Adler – fort, und was bedeutet es, Lebewohl zu sagen dem schnellen Pony und der Jagd:

Das Ende des Lebens – und den Beginn des Überlebens. Gott gab euch Herrschaft über die Tiere, die Wälder und den roten Mann, aus einem besonderen Grund – doch dieser Grund ist uns ein Rätsel. Vielleicht könnten wir es verstehen, wenn wir wüssten, wovon der weiße Mann träumt, welche Hoffnungen er seinen Kindern an langen Winterabenden schildert und welche Visionen er in ihre Vorstellungen brennt, so dass sie sich nach einem Morgen sehnen. Aber wir sind Wilde, die Träume des weißen Mannes sind uns verborgen. Und weil sie uns verborgen sind, werden wir unsere eigenen Wege gehen. Denn vor allem schätzen wir das Recht eines jeden Menschen, so zu leben, wie er selber es wünscht – gleich wie verschieden von seinen Brüdern er ist. Das ist nicht viel, was uns verbindet.

Wir werden euer Angebot bedenken. Wenn wir zustimmen, so nur, um das Reservat zu sichern, das ihr versprochen habt. Dort vielleicht können wir unsere kurzen Tage auf unsere Weise verbringen.

Wenn der letzte rote Mann von dieser Erde gewichen ist und sein Gedächtnis nur noch der Schatten einer Wolke über der Prärie, wird immer noch der Geist meiner Väter in diesen Ufern und diesen Wäldern lebendig sein. Denn sie liebten diese Erde, wie das Neugeborene den Herzschlag seiner Mutter.

Wenn wir euch unser Land verkaufen, liebt es, so wie wir es liebten. Kümmert euch, so wie wir uns kümmerten. Behaltet die Erinnerung an das Land, so wie es ist, wenn Ihr es nehmt. Und mit all eurer Stärke, eurem Geist, eurem Herzen, erhaltet es für eure Kinder und liebt es – so wie Gott uns alle liebt. Denn eines wissen wir: unser Gott ist derselbe Gott. Diese Erde ist ihm heilig. Selbst der weiße Mann kann der gemeinsamen Bestimmung nicht entgehen. Vielleicht sind wir doch – Brüder. Wir werden sehen.

Die Erde ist unsere Mutter,
sie nährt uns.
Was wir in sie hineinlegen,
gibt sie uns zurück.

BEGADI, BIG THUNDER (Wabanaki)

Ein Volk ist so lange nicht erobert,
wie die Herzen seiner Frauen stark sind.
Dann aber ist es aus und vorbei –
einerlei, wie mutig wie Krieger
und wie stark ihre Waffen
auch sein mögen.

CHEYENNE-REDENSART

Ein Stamm besteht aus lauter Individuen
und ist so gut wie jeder Einzelne.

CHIEF SEATTLE (Duwamish)

Brüder wir wünschen den Frieden.
Alle roten Menschen wünschen Frieden.
Aber wo die Weißen hinkommen,
da gibt es keinen Frieden,
außer im Inneren unserer Mutter Erde.

CHIEF TECUMSEH (Shawnee)

Was ist das Leben?
Es leuchtet auf wie ein Glühwürmchen
in der Nacht.
Es vergeht wie der Hauch des Büffels
im Winter.
Es ist wie der kurze Schatten,
der über das Gras huscht
und sich im Sonnenuntergang verliert.

CROWFOOT (Blackfeet)

Wir wurden zusammen
mit allen Geschöpfen
auf diese Erde gesetzt.
Alle diese Geschöpfe,
auch die kleinsten Gräser
und die größten Bäume,
sind mit uns eine Familie.
Wir sind alle Geschwister
und gleich an Wert
auf dieser Erde.

DANKGEBET DER IROKESEN

Es ist viel leichter,
das grüne Gras woanders anzuschauen,
als bei sich zu Hause im eigenen Garten.

DAVID SEVEN DEERS
(Halkomelen Skwah)

So vielfältig sind die Wunder
der Schöpfung,
dass diese Schönheit niemals enden wird.
Die Schöpfung ist hier.
Sie ist genau jetzt in dir,
ist es schon immer gewesen
Die Welt ist ein Wunder.
Die Welt ist Magie.
Die Welt ist Liebe.
Und sie ist hier, jetzt.

GAYLE HIGH PINE

Im Haus des Langen Lebens, dort lebe ich.
Im Haus des Glücks, dort lebe ich.
Schönheit unter mir, dort lebe ich.
Schönheit über mir, dort lebe ich.
Schönheit rings um mich her, dort lebe ich.
Ins Alter reisend, mit ihm lebe ich.
Auf dem guten Pfad bin ich,
auf ihm lebe ich.

GESANG DER NAVAJO

Alle Dinge der Schöpfung sind heilig.
Jeder Morgen ist heilig,
jeder Tag ist heilig.
Denn das Licht des Tages
wurde von Wankan Tanka,
unserem Vater, gesandt.
Bedenkt, dass alle Geschöpfe dieser Welt
heilig sind
und darum entsprechend behandelt
werden wollen.

HEHAKA SAPA, BLACK ELK (Sioux)

Die Vögel verlassen die Erde
mit ihren Flügeln.
Auch die Menschen
können die Erde verlassen,
zwar nicht mit Flügeln,
aber mit ihrem Geist.

HEHAKA SAPA, BLACK ELK (Sioux)

Im Leben eines Indianers
gibt es keine schlechten Tage.
Auch wenn die Zeiten
noch so schwierig sind,
jeder Tag ist gut,
weil du am Leben bist, ist jeder Tag gut.

HENRY OLD COYOTE (Crow)

Wenn du dein Herz nicht hart werden lässt,
wenn du deinen Mitmenschen
kleine Freundlichkeiten erweist,
werden sie dir mir Zuneigung antworten.
Sie werden dir
freundliche Gedanken schenken.
Je mehr Menschen du hilfst,
desto mehr dieser guten Gedanken
werden auf dich gerichtet sein.
Dass Menschen dir wohlgesinnt sind,
ist mehr wert als Reichtum.

HENRY OLD COYOTE (Crow)

Mit Hilfe der Sonne
wurde die Erde geschaffen.
Die Erde und ich, wir sind eins.
Der Eine, der das Recht hat,
über das Land zu verfügen,
ist der Eine, der es geschaffen hat.

CHIEF JOSEPH (Nez Perce)

Ich sitze in freier Natur, am See.
Die Weißen möchten,
dass ich wie sie arbeite,
wie sie viel Geld verdiene,
wie sie ein Auto kaufe
und wie sie in freier Natur, an einem See,
Urlaub mache und angle.
Ich sitze schon in freier Natur, am See ...

KANADISCHER INDIANER

Friede ist nicht nur die Zeit
zwischen zwei Kriegen,
Friede ist das Gesetz
menschlichen Handelns.

LEHRE DER IROKESEN

Wenn wir recht handeln
und wenn zwischen jedem Menschen
und jedem Volk
Gerechtigkeit herrscht,
dann haben wir Frieden.

LEHRE DER IROKESEN

Andere Religionen belehren ...
Unsere meint,
dass das Herz jedem Menschen
seinen eigenen Weg zeigt.

MOWIHAIZ, MAGPIE (Cheyenne)

Wenn immer der rote Jäger
auf seinen Streifzügen
etwas erblickt,
was eindrucksvoll und erhaben ist,
verharrt er einen Augenblick
in andächtigem Schweigen.
Für ihn ist es nicht notwendig,
einen von sieben Tagen zu heiligen,
denn für ihn ist jeder Tag heilig.

OHIYESA (Sioux)

Kein Mensch kann seine Mutter besitzen,
keiner kann die Erde
zu seinem Eigentum machen.

OJIBWA

Wer etwas Wichtiges vorhat,
sollte nicht lange Reden halten,
sondern nach ein paar Worten
zur Sache kommen.

SAGOYEWATHA, RED JACKET
(Seneca)

Ihr sollt wissen,
dass alles, was ihr braucht,
Geschenke der Erde unten,
des Himmels oben
und der vier Winde sind.
Wenn ihr euch gegen
diese Elemente vergeht,
wird es schlimme Konsequenzen
für euch haben ...

SIOUX-LEGENDE
VON WHITE BUFFALO MAIDEN

Menschen, die bloß arbeiten,
finden keine Zeit zum Träumen.
Nur wer träumt, gelangt zur Weisheit.

SMOHALLA (Nez Perce)

Das Wissen um die spirituelle Beziehung
zum gesamten Universum
ist ohne Bedeutung,
denn Bewusstsein von irgend etwas
ist nicht die Wirklichkeit jener Sache.
Dass man von der Existenz
der Liebe weiß,
bedeutet nicht zu lieben.

SOTSISOWAH (Seneca)

Denk mit dem Herzen.

SPRICHWORT DER HOPI

Du kannst den Regenbogen nicht haben,
wenn es nicht irgendwo regnet

SPRICHWORT
DER PUEBLO-INDIANER

Die Bücher des weißen Mannes
genügten mir nicht ...
Der Große Geist
hat mir die Möglichkeit gegeben,
an der Hochschule der Natur zu studieren,
die Wälder und Flüsse,
die Berge und die Tierwelt.

TATANCA MANI (Stoney)

Weißt du, dass Bäume reden.
Die sprechen miteinander,
und sie sprechen zu dir, wenn du zuhörst.
Aber die weißen Menschen hören nicht zu.
Sie haben es nie der Mühe wert gefunden,
uns Indianer anzuhören, und ich fürchte,
sie werden auch auf die anderen Stimmen
in der Natur nicht hören.
Ich selbst habe
viel von den Bäumen erfahren:
Manchmal etwas über das Wetter,
manchmal über Tiere,
manchmal über den Großen Geist.

TATANCA MANI (Stoney)

Seht, Brüder, der Frühling ist gekommen.
Die Erde wird von der Sonne umarmt,
wir werden bald die Ergebnisse
dieser Liebe sehen.
Jedes Samenkorn ist erwacht,
genauso jedes Tier.
Durch diese geheimnisvolle Kraft
erhalten auch wir unser Leben.

TATANKA YOTANKA, SITTING BULL
(Hunkpapa)

Die drei schlimmsten Übel sind:
Dummheit, Faulheit und Feigheit.

TECUMSEH (Shawnee)

Alles, was Natur
an Gutem schenken kann,
schenkt sie uns in Fülle.
Und dazu die Begabung,
all das zu genießen ...

WABANAKI

Warum sollte man mit Gewalt rauben, was man in Güte durch Freundschaft und Liebe erhalten kann?

WAHUNSONACO0K (Irokese)

Geh aufrecht wie die Bäume.
Lebe dein Leben so stark wie die Berge.
Sei sanft wie der Frühlingswind.
Bewahre die Wärme der Sonne
im Herzen,
und der Große Geist
wird immer mit Dir sein.

WEISHEIT DER NAVAJO

Die Erde ist das Paradies,
und wo du deinen Fuß auch hinsetzt
ist heiliges Land.

WILFRIED PELLETIER (Ojibway)

Heilige Mutter Erde,
die Bäume und die ganze Natur
sind Zeugen
deines Denkens und Wirkens

WINNEBAGO

Das Land mit seinen Bäumen
war den Weißen gleichgültig.
Wir fällen keine Bäume,
sondern nutzen nur totes Holz.
Aber die Weißen
sprengen die Bäume sogar
aus der Erde
und zerhacken sie.
Überall, wo der weiße Mann
die Erde berührt,
hat, hat sie Wunden.

WINTU

Die Herausgeber

Sonja Probst wurde am 28. Juli 1975 in Mainz geboren. Seit 1995 studiert sie dort an der Johannes-Gutenberg-Universität Allgemeine und Vergleichende Literaturwissenschaft, Anglistik und Publizistik. Neben dem Studium schreibt sie Artikel für die „Allgemeine Zeitung“, Mainz, und arbeitet als Redaktionsassistentin bei „3sat“.

Ernst Probst kam am 20. Januar 1946 in Neunburg vorm Wald im bayerischen Regierungsbezirk Oberpfalz zur Welt. Er arbeitete zunächst als Journalist in Nürnberg, Bayreuth und Mainz, später als Buchautor und schließlich als Verleger. Er schrieb für Zeitungen, Zeitschriften und Nachrichtenagenturen und verfasste mehr als 20 Bücher.

Literatur

ARROWSMITH, William: Speech of Chief Seattle, January 9th, 1855. In: ARION 8: A Journal of Humanities and the Classics (4), S. 461–464, 1969
GIFFORD, Eli / COOK, R. Michael: Häuptling Seattles Rede. Wie kann man den Himmel verkaufen? Göttingen 1996.
HEMBUS, Joe: Western-Geschichte 1540–1894. Chronologie, Mythologie, Filmographie, München 1981
KAISER, Rudolf: Chief Seattle's Speech(es). American Origins and European Reception. In: SWANN, Brian / KRUPAT, Arnold (Hrsg.): Recovering the Word. Essays on Native American Literature, University of California Press, 1997
PERRY, Ted: Home. Movie Script for Television Series produced by Southern Baptists Radio and Television Commission, 1972
SMITH, Henry: Scraps from a Diary – Chief Seattle – A Gentleman by Instinct – His Native Eloquence. The Seattle Sunday Star, 29. Oktober 1887.
STAMMEL, H. J.: Indianer. Legende und Wirklichkeit von A–Z, München 1992

Bildquellen

Archiv des Verlags Ernst Probst

Chief Seattle im Internet

Chief Seattle
www.chiefseattle.com/history/chiefseattle/chief.htm

Chief Seattle
www.geocities.com/Athens/2344/chiefs4.htm

Chief Seattle
home.t-online.de/home/ru_oeser/personen/31seattle.htm

Chief Seattle and Chief Joseph
content.lib.washington.edu/aipnw/buerge2/buerge2.html

Chief Seattle Bibliography
www.dimensional.com/~randl/seatbib.htm

Chief Seattle on Internet
www.geocities.com/Athens/2344/chiefs3.htm

Galerie der großen Häuptlinge und Führer
www.indianer-web.de/Chiefs.htm

Grave of Chief Seattle (Noah Sealth)
www.findagrave.com/pictures/2541.html

Häuptling Seattles Rede
www.indianer-web.de/SEATTLE.HTM

History Link
www.historylink.org

Rede des Häuptlings Seattle
www.cqc.net:81/helena/Texterede_von_hauptling_seattle.htm

Seattle – Chief Seattle
www.spear.navy.mil/ships/aoe3/chiefseattle.html

The Gospel of Chief Seattle
www.thefarm.org/lifestyle/akbseattle.html

Namensregister

Bücher im Verlag Ernst Probst

Königinnen der Lüfte
Von Ernst Probst

Königinnen des Tanzes
Von Ernst Probst

Monstern auf der Spur. Wie die Sagen über Drachen, Riesen und Einhörner entstanden. Von Ernst Probst

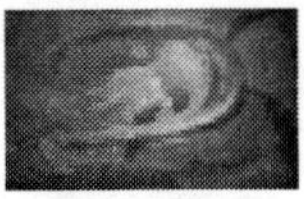

Nessie. Das Monsterbuch
Von Ernst Probst

Balzac. Leben und Werk des Romanciers
Von Bettina Licht

Der Alltag im Mittelalter
Von Maike Vogt-Lüerssen

Neros Mutter. Agrippina die Jüngere und ihre Zeit
Von Maike Vogt-Lüerssen

40 Frauenschicksale aus dem 15. und 16. Jahrhundert
Von Maike Vogt-Lüerssen

Das Rätsel der Menhire
Von Dr. Detert Zylmann

Superfrauen 1 – Geschichte
Von Ernst Probst
Taschenbuch und CD-ROM im Verlag Ernst Probst
eBook bei www.ebookmedia.de

Superfrauen 2 – Religion
Von Ernst Probst
Taschenbuch und CD-ROM im Verlag Ernst Probst
eBook bei www.ebookmedia.de

Superfrauen 3 – Politik
Von Ernst Probst
Taschenbuch und CD-ROM im Verlag Ernst Probst
eBook bei www.ebookmedia.de

Superfrauen 4 – Wirtschaft und Verkehr
Von Ernst Probst
Taschenbuch und CD-ROM im Verlag Ernst Probst
eBook bei www.ebookmedia.de

Superfrauen 5 – Wissenschaft
Von Ernst Probst
Taschenbuch und CD-ROM im Verlag Ernst Probst
eBook bei www.ebookmedia.de

Superfrauen 6 – Medizin
Von Ernst Probst
Taschenbuch und CD-ROM im Verlag Ernst Probst
eBook bei www.ebookmedia.de

Superfrauen 7 – Film und Theater
Von Ernst Probst
Taschenbuch und CD-ROM im Verlag Ernst Probst
eBook bei www.ebookmedia.de

Superfrauen 8 – Literatur
Von Ernst Probst
Taschenbuch und CD-ROM im Verlag Ernst Probst
eBook bei www.ebookmedia.de

Superfrauen 9 – Malerei und Fotografie
Von Ernst Probst
Taschenbuch und CD-ROM im Verlag Ernst Probst
eBook bei www.ebookmedia.de

Superfrauen 10 – Musik und Tanz
Von Ernst Probst
Taschenbuch und CD-ROM im Verlag Ernst Probst
eBook bei www.ebookmedia.de

Superfrauen 11 – Feminismus und Familie
Von Ernst Probst
Taschenbuch und CD-ROM im Verlag Ernst Probst
eBook bei www.ebookmedia.de

Superfrauen 12 – Sport
Von Ernst Probst
Taschenbuch und CD-ROM im Verlag Ernst Probst
eBook bei www.ebookmedia.de

Superfrauen 13 – Mode und Kosmetik
Von Ernst Probst
Taschenbuch und CD-ROM im Verlag Ernst Probst
eBook bei www.ebookmedia.de

Superfrauen 14 – Medien und Astrologie
Von Ernst Probst
Taschenbuch und CD-ROM im Verlag Ernst Probst
eBook bei www.ebookmedia.de

Adlerschrei und Zitronenfalter. Gedichte über Tiere
Herausgegeben von Doris Probst
Taschenbuch und CD-ROM im Verlag Ernst Probst

Weisheiten und Torheiten über das Alter
Herausgegeben von Doris Probst
Taschenbuch und CD-ROM im Verlag Ernst Probst

Weisheiten und Torheiten über die Arbeit
Herausgegeben von Doris Probst
Taschenbuch und CD-ROM im Verlag Ernst Probst

Weisheiten und Torheiten über die Ehe
Herausgegeben von Doris Probst
Taschenbuch und CD-ROM im Verlag Ernst Probst

Weisheiten und Torheiten über Frauen
Herausgegeben von Doris Probst
Taschenbuch und CD-ROM im Verlag Ernst Probst

Weisheiten und Torheiten über Kinder
Herausgegeben von Doris Probst
Taschenbuch und CD-ROM im Verlag Ernst Probst

Weisheiten und Torheiten über die Liebe
Herausgegeben von Doris Probst
Taschenbuch und CD-ROM im Verlag Ernst Probst

Weisheiten und Torheiten über Mütter
Herausgegeben von Doris Probst
Taschenbuch und CD-ROM im Verlag Ernst Probst

Worte sind wie Waffen
Weisheiten und Torheiten über die Medien
Herausgegeben von Doris Probst und Ernst Probst
Taschenbuch und CD-ROM im Verlag Ernst Probst

Am liebsten heiter
Gedanken über Humor, Liebe, Schönheit, Treue, Lüge, Arbeit, Einsamkeit, Glück, Geschenke und den Sonntag
Von Karl Heinz Hock
Taschenbuch und CD-ROM im Verlag Ernst Probst

Bestellungen:
Verlag Ernst Probst
Im See 11, 55246 Mainz-Kostheim
Fax: 06134/26665, E-Mail: verlagernstprobst@web.de
Internet: www.verlagernstprobst.de

CD-ROMs im Verlag Ernst Probst

Adlerschrei und Zitronenfalter. Gedichte über Tiere
Herausgegeben von Doris Probst
Audio-CD-ROM mit Tierstimmen (nur für PC)
oder CD-ROM (für PC und Mac)

Dinosaurierstimmen
Wie die prähistorischen Reptilien brüllten
Von Ernst Probst
Audio-CD-ROM (nur für PC)

Dinosaurier von A bis Z
Von Ernst Probst
Audio-CD-ROM (nur für PC)

Monstern auf der Spur
Wie die Sagen über Drachen, Riesen und Einhörner entstanden
Von Ernst Probst
Audio-CD-ROM (nur für PC)
oder CD-ROM (für PC und Mac)

Nessie. Das Monsterbuch
Von Ernst Probst
Audio-CD-ROM (nur für PC)
oder CD-ROM (für PC und Mac)

Superfrauen: 14 Bücher auf einer CD-ROM
Berühmte Frauen in Wort und Bild
Von Ernst Probst
CD-ROM (für PC und Mac)